Y² pièce
2190

M. HENRY-COÜANNIER

La
Fausse Princesse

CONTE

PRIX : 1 FR. 50

ÉDITIONS D'ART DU "CROQUIS"

4, Rue Bezout, Paris

DU MÊME AUTEUR :

LE CLOCHER

CONTE

Ouvrage couronné par l'Académie Française

Honoré d'une Souscription
du Ministère de l'Instruction Publique

LA

FAUSSE PRINCESSE

La Fausse Princesse

LA maison de Rosine est une cabane vermoulue, sur les dunes, au bord du rivage. Si loin que le regard s'étende n'apparaît pas d'autre logis ; le sol brûlé par la brise refuse toute culture.

Des chardons argentés et rigides, pareils à des plantes métalliques, couvrent les dunes ; mais, en s'éloignant de la mer, le rivage monte lentement, les ajoncs peu à peu succèdent aux chardons et leur sombre feuillage règne sur la colline : elle trace à l'horizon une ligne continue qu'aucun arbre n'égaie.

Sur la mer, pas un navire ne passe, car des récifs innombrables la parsèment ; ils semblent tous des blocs de cuivre à cause des algues jaunes couvrant leur base humide et des plaques minces de lichen roux collées à leur sommet.

La plage est un croissant pâle, de sable fin, long d'une lieue, terminé à chaque pointe par une roche, qui cache des files illimitées d'autres plages, toutes semblables.

Ainsi, pour Rosine, le monde, à perte de vue, se partageait en quatre rubans, côte à côte : la lande vert-sombre, la dune argentée, la plage d'un jaune blême, la mer enfin dont le bleu-vert varie selon les jours.

L'AUTRE versant de la colline, abrité des vents du large, est comme un manteau d'Arlequin, bariolé de prés verts, de terres en labour, de moissons grasses. Là se cache le bourg de Menez où des jongleurs qui passaient abandonnèrent Rosine, enfant ; les religieuses la recueillirent.

Dans le petit couvent dont les salles claires entouraient une cour fleurie ombragée d'un tilleul, sa jeunesse fut heureuse. Les douces filles qui coulaient leur vie calme dans l'odeur de l'encens et le bruit des cantiques l'élevaient tendrement. Intelligente et jolie, elle avait des manières gentilles ; à seize ans, on l'eut prise pour une petite princesse.

C'est alors qu'il fallait voir l'empressement des garçons autour d'elle, au sortir de l'église. Plusieurs étaient de beaux hommes, fils de riches fermiers ; mais elle n'encourageait pas leurs avances : d'abord, leur langage rustique, leur manque de délicatesse l'ennuyait ; et puis, elle était amoureuse.

Un jour, le jeune roi, égaré à la chasse, avait pris son repas au couvent ; et Rosine gardait de l'hôte passager une image incomparable. C'était un grand garçon mince et pâle qui avait une voix grave, des gestes lents, un regard triste et des ongles brillants. Elle eut l'honneur de le servir; pas une fois, il ne leva les yeux vers elle; d'un air aimable et distrait, il lui donna en partant une médaille de sa chaîne; et Rosine, toute honteuse, le front rouge et le cœur battant, n'eut pas de voix pour dire merci.

Depuis, elle n'avait pas revu son roi; mais elle sentait qu'elle l'aimerait toujours, qu'elle ne pourrait jamais épouser un autre homme; et comme c'était une fille raisonnable, loin d'entretenir des rêves décevants, elle résolut de se donner à Dieu.

LES sœurs avaient empli son âme de foi et de piété. Elle savait que la terre est un lieu d'exil, la vie un court voyage, et la mort le retour à la patrie céleste; elle savait qu'au dernier jour les biens du monde s'anéantissent, que les œuvres et les fautes suivent seules l'âme envolée, qu'on l'admet selon ses mérites à l'infini des récompenses ; et, comprenant qu'il est folie de perdre en des plaisirs d'un jour le temps destiné à l'éternelle moisson, elle voulait suivre ses douces maîtresses qui traversaient la vie en regardant la mort.

Vêtue comme elles de toile bise, elle prierait pour les pécheurs, instruirait les enfants, soignerait les malades, et chanterait la gloire de Dieu. Ainsi, dans le couvent paisible, ses jours s'écouleraient tous semblables, chacun ajoutant à la récolte amoncelée une nouvelle gerbe d'actions charitables.

Mais, dès ce monde, elle jouirait de la plus belle part ; aucun mal ne lui arriverait puisqu'elle n'aurait à perdre aucun bien terrestre ; les souffrances même lui seraient une joie : nouveaux mérites aux yeux de Dieu ; si elle enterrait ses compagnes, elle ne pourrait se lamenter, la mort des saints étant leur plus beau jour ; enfin la vieillesse ne l'effrayait pas, car les sœurs les plus âgées semblaient les plus douces, les plus rayonnantes ;

c'est qu'elles étaient les plus près du ciel et leurs mérites les plus abondants.

Comme elles, pure et souriante, sentant sa conscience paisible, les hommes reconnaissants, Dieu satisfait et plein d'amour, elle avancerait gaîment vers la mort, vers la béatitude.

Les règles de l'ordre exigeaient que chaque novice vécût trois mois dans la retraite, et Rosine choisit la cabane isolée. L'ermite qui l'avait bâtie venait d'y mourir, léguant aux sœurs ses pauvres meubles ; c'était une chambre étroite qu'éclairait seul le judas de la porte.

Parfois, quand il pleuvait, Rosine restait enfermée là, tristement, tout le long du jour, faisant de la dentelle que le dimanche elle portait au couvent ; mais le plus souvent elle s'asseyait au dehors, sur le bord de la dune.

L'été commençait. Les chardons étaient en fleurs ; des fleurs innombrables, toutes raides, pareilles à des pompons bleus; et leurs feuilles dentelées, gris-pâle, se teintaient à chaque pointe d'un soupçon de mauve. Au pied des touffes argentées, une foule de pissenlits dressaient tout droit leur corolle d'or, face au soleil; tandis que des liserons roses traînaient indolemment sur le sable, au bout de longues tiges contournées. La brise apportait jusqu'aux dunes l'odeur poivrée des thyms qui plaquaient sur la colline de larges taches violettes, parmi les ajoncs; elle agitait les chardons métalliques avec un cliquetis continuel. On entendait parfois les petits cris aigus des oiseaux de mer. Le flot sur la plage poussait de longs soupirs, comme un homme endormi.

UN jour, vers midi, un fracas insolite couvrit ces bruits légers, et Rosine aperçut un grand carrosse à quatre chevaux, tout brillant de dorure qui, au trot, à travers les ajoncs, descendait la colline.

Quand il atteignit la dune, son allure se ralentit car les roues enfonçaient dans le sable mou. Il y avait sur chaque cheval un postillon en habit écarlate, la caisse était de couleur amarante, les vitres étincelaient au soleil, et l'on voyait par dessus la toiture les chapeaux de quatre laquais, debout à l'arrière et dont le vent secouait les panaches.

Rosine croyait rêver.

Les roues grinçaient dans le sable, tous les fouets claquaient à la fois, les chevaux piétinaient en vain, le carrosse n'avançait plus. Les quatre panaches disparurent d'un coup, puis les laquais ouvrirent la portière.

D'abord, sortit un vieillard très maigre, à lunettes jaunes, à longue barbe grise, en justaucorps sombre, et coiffé d'un chapeau pointu; il aida à descendre une lourde dame en velours violet, masquée d'un loup noir, et dont la jupe à vertugadin bombait tout autour comme une cloche; celle-ci offrit la main à une jeune fille mince, également masquée de noir, mais qui avait une jupe de satin ponceau, à longue traîne ; et ces trois personnages, suivis d'une servante, se mirent en marche vers la mer.

Ils avançaient lentement parmi les chardons ; la dame, retroussant sa jupe, jetait de petits cris d'effroi ; la jeune fille trébuchait sur ses hauts talons ; et la suivante, qui portait plusieurs paquets, soulevait de l'autre main le bout de la traîne.

Ils descendirent sur la plage sans remarquer Rosine, qui, de stupeur, ne bougeait pas ; puis, au bord de l'eau, ils se séparèrent : le vieillard contemplait l'horizon ; ces dames se cachèrent derrière une roche.

Elles y restèrent longtemps ; le vieillard leur tournait soigneusement le dos ; au loin, les postillons et les laquais tâchaient à dégager le carrosse ensablé.

Quand les trois femmes reparurent, la plus jeune était vêtue d'une sorte de sac blanc noué autour du cou et percé de quatre ouvertures pour les bras et les jambes nus ; mais elle avait gardé son masque. Ainsi accoutrée, elle s'avança dans l'eau jusqu'au genou; et, croisant les bras, elle ne bougea plus.

La dame en violet, la suivante et leur compagnon, alignés derrière elle, sur le bord, la regardaient.

— Avancez encore, dit la vieille dame. Du courage !

— C'est froid, répondit la baigneuse.

Le vieillard dit d'un air doctoral :

— Quand votre Altesse sera toute mouillée, elle aura chaud. Qu'elle se jette à l'eau d'un coup : elle verra que c'est délicieux.

Mais son Altesse ne bougeait pas.

La vieille dame commençait à gémir :

— Vous allez prendre froid; mouillez vous donc !

Se penchant à grand peine, elle prit un peu d'eau dans le creux de sa main et le jeta à la princesse qui poussa de beaux cris et se retourna menaçante :

— Si vous me brutalisez, dame Flore, mon tuteur le saura.

Dame Flore, sans s'émouvoir, s'apprêtait à recommencer; mais la princesse, frappant du pied, l'éclaboussa; alors elle recula bien vite; puis, de loin, elle cria :

— Si votre Altesse ne se mouille pas, ses bras vont noircir au soleil.

Aussitôt, son Altesse plongea jusqu'au menton.

Dame Flore, en maugréant, essuyait sa belle robe mouillée.

Quand la princesse eut bien barboté, « C'est suffisant », dit le vieillard; et, toute ruisselante, elle courut vers les rochers où la servante la rejoignit.

Dame Flore faisait les cent pas pour sécher le velours au soleil; le vieillard alla surveiller les valets, car le carrosse n'était pas encore dégagé. Rosine, tout intimidée, vit dame Flore qui s'avançait vers elle, s'asseyait à son côté, et lui contait sans plus tarder les tristesses de sa vie. Ses petits yeux noirs roulaient sans cesse dans les ouvertures du masque; elle avait une voix pleureuse et parlait vite avec des gestes nombreux :

— Avez-vous vu, ma pauvre enfant, comme la princesse me traite ? Quelle indignité !... Moi qui suis si dévouée... Moi qui, malgré mes douleurs, l'ai suivie dans ce long voyage... Pensez donc : nous arrivons tout droit de Treyve !... C'est un grand Etat, loin, bien loin, de ce côté-ci... ou plutôt par là... Je ne sais plus au juste... Ma princesse est la Palatine de Treyve : Voyez un peu quel personnage !... Elle est si riche qu'on ne peut compter sa fortune... et méchante à proportion... Oh ! j'en parle à bon escient : depuis des années, c'est moi seule qui en ai la charge ; elle a perdu tous ses parents. Quant à son tuteur, le margrave de Tucque, il ne veut pas s'en occuper, n'est jamais venu la voir ! Il est vrai qu'il est en enfance.

Je vivais donc dans le palais de Treyve, seule avec la princesse et maître Otto, son médecin, ce vieux seigneur que vous voyez là-bas. J'enseignais à son Altesse le chant et la danse, enfin tout ce qu'une reine doit savoir, et je lui cherchais un mari, quand un accident nous bouleversa : un chien mordit la princesse !... Etait-il enragé ? Otto l'examina, ne put s'en assurer. Nous sommes donc venus dare-dare, comme on fait en pareil cas, jeter son Altesse à la mer sur la plage la plus proche... et nous voici.

Le traitement doit durer quelques jours, mais il se peut que son Altesse ne quitte plus jamais le pays. (Je vais vous dire la raison). Quant à moi, j'ai hâte de rentrer à Treyve : dans ce village, nous sommes trop mal logés... D'ailleurs, je veux passer par Tucque, pour réclamer mes gages ; le margrave est d'une avarice !... Il me doit vingt mille écus ! N'est-ce pas honteux ? ..

Dame Flore se tut car la princesse enfin rhabillée s'approchait. De sa main gantée, elle portait à sa bouche un gâteau doré dont la pâte blanche était parsemée de framboises. Le masque noir laissait voir ses lèvres, de même couleur que les fruits, et ses grands yeux verts à cils noirs.

— Comme elle doit être belle ! songea Rosine qui s'abîmait en révérences.

La princesse trébucha sur ses hauts talons et lâcha le gâteau qui roula dans le sable. Rosine s'élança pour le relever ; mais, sans remercier, elle dit avec dégoût :

— Y pensez-vous ?... Ce gâteau sale !... J'en ai d'autres dans mon carrosse... Rentrons, Flore.

Rosine les regarda s'éloigner. Les cheveux de la princesse étaient enveloppés d'une écharpe d'or dont les pointes flottaient au vent ; sa longue traîne de satin ponceau grinçait et craquait derrière elle dans les chardons, sans qu'elle y prît garde.

Quand le carrosse eut disparut, Rosine mordit au gâteau ; et, voyant son pain bis, sa robe rapiécée, sa cabane vermoulue, elle songeait tristement qu'il est ici-bas des filles de son âge, belles comme les anges, roulant à travers le monde en des sortes de tabernacles, mieux vêtues que les saints des églises, et nourries de mets délicieux comme ceux des contes fantastiques.

LE lendemain, par peur d'être ensablé, le carrosse resta loin du rivage. Le ciel était couvert; une ondée survint; la princesse, qui sortait de l'eau, courut vers la cabane.

Flore l'y avait précédée. La servante apporta les vêtements. Pendant qu'on rhabillait son Altesse, Otto se mit dans un coin, le nez contre le mur. Rosine, que bouleversait tant d'honneur, agenouillée devant le feu, soufflait à pleines joues pour chauffer la chemise. La princesse, en peignoir, admirait la laideur du logis :

— Peut-on vivre là !... Moi, j'y deviendrais folle...

Rosine dit que c'était pour elle une retraite passagère; elle parla du couvent, conta sa vie, sa situation, ses projets. La princesse la regardait; et ses yeux verts s'arrondissaient, tout étonnés, dans leurs cadres de velours noir.

— Comment, s'écria-t-elle, peut-on renoncer au monde, à la vie, au plaisir, quand on a devant soi tant d'années pour en jouir !

Rosine répondit simplement :

— Pour une pauvre fille comme moi, le sacrifice n'est pas grand.

— Sans doute... Si vous étiez princesse et que tous les rois du monde fussent à vos pieds, vous ne songeriez pas au couvent.

Rosine soufflait toujours ; l'averse crépitait contre les planches ; Flore, avec son mouchoir, essuyait sur sa robe quelques gouttes de pluie ; la servante frictionnait la princesse ; Otto restait dans son coin, immobile comme un enfant puni.

— Dans ce pays, demanda Flore, que dit-on du roi ?

— Oh ! le peuple l'adore : il est très bon, très pieux, très sage ; on dit que c'est un grand capitaine et que son règne éclipsera ceux de tous ses aïeux.

— L'avez-vous vu ? dit la princesse.

— Une fois, j'ai eu cet honneur.

— Comment est-il fait ? Beau ou laid ? Brun ou blond ?

— Il a les cheveux noirs, les yeux marrons, et c'est le plus bel homme que j'aie jamais vu.

— J'en suis bien aise, dit la princesse qui agrafait ses bas, car son royaume est le plus grand d'Europe et son âge se trouve bien assorti au mien. D'ailleurs, pour retourner à Treyve, le voyage est si long !... Et puis, je m'en voudrais de peiner ce jeune homme...

Rosine, qui soufflait éperdûment pour qu'on ne remarquât pas le rouge de son front, dit d'une voix mal assurée :

— Il vous connaît donc, Madame ?

— Du tout... C'est demain qu'il demandera ma main et que nous nous verrons pour la première fois ; mais... vous comprenez, ma petite, lorsqu'on a ma fortune et mon visage... Ah ! Je suis curieuse de voir ce jeune homme.

Quand son Altesse fut rhabillée, quatre laquais attendaient à la porte ; ils portaient un dais de velours dont les rideaux tombaient jusqu'à terre.

La princesse, la servante, Flore et maître Otto s'y cachèrent ; puis le dais, sous la pluie battante, se mit en marche vers le carrosse.

Rosine, restée seule, voulut continuer sa dentelle ; mais elle se trompait souvent ; alors, baissant la tête, elle défaisait ses points à grand peine, l'un après l'autre. L'aiguille tremblait entre ses doigts ; les larmes lui brouillaient la vue.

LE matin suivant, Rosine rentra chez elle dès qu'elle vit l'équipage : elle avait peur qu'on lui parlât du roi ; elle ne voulait plus y penser.

Comme elle travaillait, elle entendit confusément des cris lointains, sur la plage.

— Bah ! C'est la princesse qui trouve l'eau trop froide.

Longtemps après, on ouvrit sa porte : Maître Otto soutenait Flore, défaillante.

— Du secours... Du feu... Vite...

Ils étaient trempés ; les vêtements leur collaient au corps. Flore, qui pleurait, s'abattit sur le lit ; Otto répétait, affolé : Quel malheur !... Qu'allons-nous faire ?

Rosine les questionnait en vain.

Mais la servante apparut, trempée comme eux et blême :

— La princesse est noyée...

— Noyée !

— Elle a voulu monter sur ce rocher, là-bas... elle a sauté à l'eau... il y a sans doute un grand trou ; elle n'a pas reparu.

— Mais cherchez ! Plongez ! Appelons les laquais !

Otto arrêta Rosine :

— De grâce, taisez-vous... Je suis entré dans l'eau jusqu'au cou... Nous avons appelé, crié : les laquais n'ont rien entendu... Le carrosse est resté loin, très loin ; les dunes nous cachaient ; le vent vient de terre : ils ne savent rien... Maintenant il serait trop tard...

Les sanglots de Flore fendaient l'âme :

— Je suis transie... Je vais prendre

mal... Au nom du ciel, mon enfant, dégrafez ma robe... Otto, retournez-vous.

La servante et Rosine s'empressaient autour d'elle. Une mare se formait à leurs pieds.

— Hâtez-vous, dit maître Otto; c'est aujourd'hui que vient le roi : nous devions le trouver au village.

— Hélas ! qu'allons-nous devenir?

Otto, le nez au mur, dit tristement :

— C'est une mauvaise affaire... Le roi va sans doute nous renvoyer au margrave... suivis d'une escorte... comme des prisonniers.

— Voici, dit la servante, les vêtements secs; les mettez-vous, madame?

— Ceux de la princesse !... Vous n'y pensez pas... Rosine va me donner les siens : ainsi vêtue, j'exciterai la pitié du roi.

— Ce n'est pas lui qu'il faut craindre, soupirait maître Otto; mais le margrave est colère depuis qu'il a perdu l'esprit.

— Madame, dit Rosine, je n'ai

pas d'autre robe ; celle des dimanches est restée au couvent.

— Mettez celle de la princesse ; vous allez venir avec nous ; au village, on vous rendra la vôtre.

Otto se lamentait :

— Rappelez-vous le chien enragé... qu'on pendit... ainsi que son maître.

— Je n'oserai jamais, dit Rosine, mettre la robe de cette pauvre princesse.

— Flore, plus j'y réfléchis, plus notre cas me semble mauvais.

— C'est curieux, dit la servante, Rosine a justement la taille de son Altesse.

Flore prenait un ton d'assurance :

— Hé ! mon ami, le margrave sera plein d'égards : il me doit une somme importante.

Mais Otto, perdant la tête, se tourna vers ces dames :

— Alors nous sommes jugés ! Pendus d'avance !... Fuyons, cachons-nous !

Flore, sans vertugadin, dans une jupe qui lui bridait le ventre avait un aspect lamentable.

— Que faire? Où aller?... Nous sommes bien forcés de passer par Menez... et le roi nous y attend...

Otto regardait Rosine qui, toute confuse, se cachait à la hâte dans la jupe de satin; il s'écria :

— J'ai une idée admirable ! Mon enfant, sauvez-nous la vie !

— Hélas ! Que puis-je faire?

— Notre sort est entre vos mains : Flore va vous prêter son masque. (Ecoutez-moi bien). Vous allez venir avec nous ; vous entrerez dans le carrosse (mais sans dire un mot)... Une fois au village, vous suivrez Flore dans sa chambre... Quand la nuit sera venue, vous reprendrez votre robe; puis, sans que personne vous voie, vous rentrerez chez vous.,. Nous ne serons pas des ingrats.

— Mais... le roi..., objectait Flore,

— Je dirai que son Altesse est malade, que l'air marin lui est funeste, qu'il nous faut partir au plus vite : il ne la verra pas... Nous ferons aussitôt les bagages, et nous partirons à minuit... A Menez, on croira qu'elle nous accompagne, et les valets croiront qu'elle reste à Menez. (Je me charge de tout expliquer). Ainsi, nous rentrerons à Treyve où l'on nous paiera notre dû ; et, quand le margrave saura la vérité, nous aurons eu le temps de nous cacher au loin.

— Vous êtes génial ! s'écria Flore.

— Hâtons-nous, dit maître Otto ; le roi doit nous attendre.

— Mais... ce sont des mensonges..., commençait Rosine, interdite.

Alors, tandis que Flore et la servante la revêtaient presque de force du linge et des habits princiers, Otto lui fit un beau discours ; il lui prouva clairement que s'il y avait péché, il s'en chargeait seul, lui, Otto ; et que pour elle, Rosine, c'était un acte charitable, presqu'un devoir, d'aider deux pauvres innocents à sauver leur fortune et leur vie.

Quand Flore ota son masque, Rosine fut étonnée : elle s'était figuré tout autre le visage de la vieille dame. Il était un peu ridicule, avec un nez comme une petite boule, deux grosses joues rouges, et pas de sourcils.

Rosine en fut attendrie ; et dès lors elle se laissa masquer, coiffer, chausser, ganter, sans se débattre.

— Mais quelle honte si les laquais voyaient que je ne suis pas la princesse !

— Hé! mon enfant, ils ne verront de vous que les yeux qui sont bleu-vert, comme les siens, et la bouche qui est petite et très rouge comme la sienne.

— Mais, madame, j'ai les cheveux moins blonds que son Altesse.

— Hé ! mon enfant, ce voile d'or va les cacher. Surtout, ne dites pas un mot, marchez lentement, la tête haute... Ah! c'est admirable, je m'y tromperais moi-même.

Rosine écoutait la jupe de satin crépiter derrière elle à chacun de ses pas.

— Hâtons-nous, dit maître Otto ; le roi va s'impatienter.

La servante souleva la traîne ; Flore prit le bras de Rosine et l'attira doucement. Sur la dune, la fausse princesse vit les quatre laquais qui, inquiets du retard, venaient au-devant d'elle. Aussitôt, ils levèrent les bras et poussèrent quelques cris. Rosine eut grand peur...

Mais non : ils n'avaient d'yeux que pour Flore.

Otto, prenant les devants, les emmena vers le carrosse en leur contant une longue histoire. Rosine crut entendre que Flore était tombée à l'eau et que lui, Otto, l'en avait tirée à grand peine.

Mais elle n'écoutait pas ; la brise agitait sur sa tête les longs pans du voile ; le poids de la traîne lui tirait la taille en arrière ; elle marchait les yeux baissés, regardant ses petits souliers roses pointer l'un après l'autre sous le satin ponceau ; et toute son attention s'employait à garder l'équilibre sur ses hauts talons.

Quand elle fut dans le carrosse, elle respira. Elle se cachait tout au fond contre l'épaule de Flore ; en face d'elle, Otto et la servante s'égouttaient sur la même banquette ; les roues enfonçaient mollement dans les touffes d'ajoncs ; personne ne parlait.

— Miséricorde ! s'écria Otto, voici le carrosse du roi !

En même temps, les chevaux s'arrêtaient ; les laquais ouvraient la portière ; et Flore, éperdue, répétait :

— Le masque tient-il bien ? Restez assise, ne parlez pas... Seigneur ! Recevoir un roi dans cet accoutrement !... Surtout, ne dites rien, vous êtes souffrante, ne bougez pas...

Otto avait sauté hors du carrosse ; on l'entendait conter d'un ton tout mielleux le sauvetage de Flore. La voix se rapprochait. Le roi parut à la portière.

Il avait un pourpoint de drap d'or ; il étincelait de diamants. Comme il s'inclinait pour lui baiser la main, Rosine vit sa chevelure noire qui luisait au soleil ; ce ne fut qu'un éclair : elle n'osa plus lever les yeux. Son cœur battait à grand coups ; un murmure confus l'assourdissait ; elle crut défaillir.

Le carrosse repartit. Le roi, silencieux, était assis près d'elle ; l'épée d'or accrochait la jupe de satin ; Flore, en face d'eux, parlait, parlait, sans s'arrêter ; et, malgré sa terreur, une joie confuse, délicieuse, emplissait le cœur de Rosine. Le regard du roi pesait sur ses yeux.

Dans le grand lit de la princesse, Rosine attendait la nuit.

— Couchez-vous, lui avait dit Flore ; l'alcôve est sombre ; je tire à demi les rideaux; les valets qui vous serviront ne pourront voir votre visage.

Puis elle avait rejoint Otto pour renvoyer poliment le roi.

De l'étage inférieur montait comme un murmure le bruit de l'entretien. On ne pouvait comprendre les paroles, mais on distinguait chaque voix; et, quand c'était le roi qui parlait, Rosine retenait son souffle.

Elle croyait toujours qu'il disait adieu, qu'il se levait, qu'il allait partir ; elle attendait cet instant comme une délivrance; pourtant, elle savait bien qu'au roulement du carrosse elle sentirait son âme pleine de détresse.

Les voix s'éloignèrent, s'éva-nouirent. Rosine attendit longtemps... Le carrosse ne passait pas.

Enfin, Flore apparut.

— Quand part-il?

— Sa Majesté ne partira pas.

Dame Flore avait fait sa toilette; elle portait une robe de satin noir, à traîne; avec précaution, elle s'assit près du lit.

— Mon enfant, dit-elle pompeusement, un bonheur inouï vous est réservé; c'est une aventure comme on n'en voit pas dans l'histoire : vous allez être reine.

Elle attendit une réponse, qui ne vint pas; dans l'ombre de l'alcôve, rien ne bougeait.

— Oui... Otto et moi, nous avons réfléchi, notre premier plan est un peu hasardeux; pour aller à Tucque, il nous faudrait une lettre du roi, un contrat, enfin l'attestation du mariage. Cela, sans doute, peut être imité; mais il serait plus simple que tout fut en règle; et je préfère que le roi vous épouse.

— Oh ! dit tout bas Rosine sur le ton du reproche, vous plaisantez...

Le visage de Flore s'élargit dans un bon sourire :

— Bénissez le ciel : c'est une affaire conclue.

— Mais je ne veux pas !... s'écria Rosine, indignée; mais c'est abominable !...

— Chut ! chut ! fit Flore, tout effarée; on pourrait vous entendre. Parlez bas, ma chérie.

— Mais c'est une folie ! Je ne suis pas princesse ! On le voit bien : je n'en ai pas la voix.

— De grâce, parlez plus bas, Rosine... Quand vous le voulez, votre voix est charmante. Vous avez parfois quelques sons rustiques; mais chacun croira que c'est l'accent de Treyve.

— Mais, madame, si j'étais la fiancée du roi, il faudrait bien lui montrer mon visage.

— Hé ! mon enfant, tout ce qu'il sait de la princesse Olga, c'est qu'elle est blonde et très jolie.

— Mais, madame, vous oubliez les valets...

— Ils ne vous verront pas : Olga soignait son teint et ne sortait jamais sans un masque. D'ailleurs, ces jours-ci, je vous dirai souffrante; seule, ma suivante vous servira : c'est une fille qui m'est dévouée... Le plus tôt possible, nous ferons à la capitale un mariage tout simple et rapide, comme c'est l'usage pour une orpheline; et le lendemain je partirai pour Treyve en remmenant tous les valets.

Mais Rosine, obstinément, répétait avec effroi :

— Non... jamais... jamais...

Le sourire de Flore se faisait plus doux et sa voix plus tendre :

— Quelle enfant !... Voudriez-vous nous dénoncer, nous livrer au roi?... C'est ce que vous feriez en nous abandonnant : Les choses, maintenant, sont poussées trop loin...

— Je ne veux pas tromper le roi.

— Aimez-vous mieux le chagriner?... Eh ! oui : le roi vous aime.

— Oh !... Il n'a même pas vu mon visage.

— Il a vu vos yeux. Il me disait lui-même, à l'instant : — Je savais que la princesse avait les plus beaux yeux du monde ; pourtant, ils m'ont tout étonné. Je veux les contempler à mon aise, toute ma vie. Si elle repoussait ma demande, je ne m'en consolerais pas.

Rosine, joignant les mains, stupéfaite, murmurait :

— Il a dit cela ?... Vraiment ? C'est le roi qui a dit cela ?

— Croyez-moi, ma petite, je m'y connais en hommes : celui-là fera de vous non seulement une grande reine, mais aussi une femme heureuse.

— Jamais ! dit vivement Rosine. Je ne veux pas...

Mais, après un silence, elle reprit, hésitant :

— Et... Que vous a-t-il dit encore ?.. Qu'a-t-il dit de moi ?

— Oh ! Le pauvre jeune homme se désole : Votre présence, m'a-t-il dit, l'a tant ému qu'il en oublia les présents. Il me les a montrés : des trésors, ma chère, des merveilles!... Il voulait réparer son oubli ; mais j'ai répondu que vous étiez bien lasse. Demain, de bonne heure, il vous les offrira... avec la bague des fiançailles.

— Avec la bague des fiançailles..., répétait Rosine, lentement, comme en rêve. Ainsi, c'est tout de bon : Le roi m'aime ?... Il veut m'épouser ?...

— Demain, je tirerai du coffre la robe de gala : toute en argent, brodée de perles. Que vous serez belle, ma chérie! Je vous mettrai tous les colliers et la plus grande des couronnes... Mais il faudra nous hâter. Songez-y : à la porte, le pauvre roi s'impatiente... Il entre bien ému, met un genou à terre... Vous lui tendez la main à baiser... il glisse la bague à votre doigt : vous voilà unis à jamais.

— A jamais... murmurait Rosine, extasiée.

Puis elle tressaillit et, affolée, pleurant, elle suppliait Flore :

— Je ne veux pas... Laissez-moi partir... Rendez-moi ma robe... Il faut que je parte... J'ai si grand peur, madame !... Ayez pitié de moi.

Flore l'embrassait, la berçant à demi, comme un petit enfant :

— Ma chérie, vous n'êtes pas raisonnable... D'ailleurs, vous ne pourriez passer : La suite du roi cherche des logements, la rue est pleine de soldats et de pages... Patientez, rien ne vous presse... Et puis, la nuit porte conseil... Reposez-vous, Rosine ; attendez l'aurore... Maintenant, vous seriez perdue : le roi vous verrait passer ; il est à sa fenêtre ; je l'aperçois d'ici... Penchezvous un peu ; je vais soulever les rideaux... Là-bas, sur le balcon, le voyez-vous ?

Rosine, immobile, retenant son souffle, se penchait en avant, les lèvres entr'ouvertes, les yeux émerveillés. Longtemps, sans dire un mot, elle contempla son roi.

Puis, il rentra dans la maison ; les rideaux se fermèrent ; la tête de Rosine retomba sur l'oreiller.

Après un long silence :

— Pourquoi, demanda-t-elle, re-

gardait-il ainsi, fixement, devant lui?
A qui souriait-il? Je n'ai vu personne
aux fenêtres d'en face.

— Chut! Dormez, dit Flore à voix
basse; il n'y avait personne; c'est à
vous qu'il pensait.

QUAND Rosine s'éveilla, le jour
se levait, une cloche sonnait au
couvent voisin. D'abord, elle
fut bien étonnée en voyant les rideaux,
les franges, le baldaquin; puis toute
son aventure lui apparut d'un coup; et
l'épouvante aussitôt s'engouffra dans
son âme.

Elle se vit au bord du péché,
d'un péché qui bouleversait sa vie
entière, qui d'une dévote faisait une
criminelle, au bord d'un mensonge
inouï qui l'engageait en de perpétuels
mensonges, au bord d'un vol mons-
trueux, illimité, irréparable, d'un vol
de royaumes; et, comprenant qu'attendre encore, discuter avec Flore, son-
ger au roi, c'était perdre courage,

elle se leva bien vite pour se réfugier au couvent.

Sans bruit, sur ses pieds nus, elle chercha sa vieille robe; mais en vain ouvrit-elle les coffres, les bahuts : tous regorgeaient d'habits princiers.

Dans la chambre voisine, les soupirs de Flore endormie s'espaçaient paisiblement. Rosine regarda par la porte entr'ouverte : la robe de satin noir s'étalait seule au pied du lit; Flore dormait de tout son cœur, les poings fermés, comme un enfant.

— Pauvre Flore!... Que dira-t-elle en trouvant mon lit vide?...

Rosine, attendrie, fut sur le point de l'éveiller pour l'avertir, lui demander pardon; mais le parquet craqua; Flore fit un mouvement; Rosine effrayée regagna sa chambre.

— Otto, songea-t-elle, saura bien trouver quelque nouveau mensonge.

Un homme en chantonnant passa dans la rue; au loin des chevaux hennirent; le village s'éveillait. Rosine, à la hâte, mit la robe de satin ponceau; et tout doucement, elle sortit; le couloir était désert. Elle écouta; toute l'hôtellerie restait silencieuse. Alors, serrant sous son bras la longue traîne bruyante, Rosine, à pas de loup, se sauva.

Mais, comme elle atteignait le bas de l'escalier, la porte s'ouvrit devant elle : C'était le roi.

Elle jeta un cri, lâcha sa robe; puis, toute pâle, à demi défaillante, elle restait appuyée au mur, immobile et baissant les yeux comme une voleuse qu'on surprend.

Le roi se taisait. Longtemps, il la contempla en silence. Enfin d'une voix qu'étouffait l'émotion,

— Que vous êtes belle! dit-il.

Elle n'osait pas lever les yeux; elle ne dit rien, ne fit pas un geste.

— Depuis hier, reprit le roi, je ne songe qu'à vous... L'image de vos yeux me poursuit... Je languissais dans l'ignorance de vos traits... Toute la nuit, j'errai dans la campagne... m'imaginant ce visage... Mais la vérité surpasse tous mes rêves... Ma petite princesse, je vous aime... Voulez-vous être reine?

Rosine, étourdie, affolée, ferma les yeux; elle sentit que le roi s'agenouillait à ses pieds, qu'il lui prenait la main, qu'il y posait ses lèvres. Un grand frisson la parcourut. Le roi répéta tendrement :

— Voulez-vous être ma femme?

Comme Rosine rouvrait les yeux, le roi levait la tête; elle rencontra son regard, timide, suppliant, amoureux. Alors, d'une voix toute basse et tremblante, mais sans hésiter, elle répondit : — Oui.

Sitot après les noces, le roi emmena sa reine dans le plus beau de ses palais.

On l'avait bâti au sommet d'une montagne. Le versant du Nord, en pente douce et planté d'une forêt sauvage, baignait dans l'ombre et la fraîcheur. Le versant du Sud, plus abrupt, était du haut en bas entaillé de larges terrasses comme un escalier de géants; là, parmi les vasques de marbre, les jets d'eau et les balustrades, on cultivait en plein soleil les fleurs et les fruits des tropiques. La terrasse la plus basse émergeait d'un grand lac; le bord de la plus haute soutenait un portique, tout autour du palais.

Durant l'été qui suivit les noces, les réjouissances ne cessèrent pas. Les chasses, les festins, les danses et les jeux occupaient la nuit et le jour. Par les fenêtres du château, on voyait les routes lointaines tracer dans la campagne des sillons brumeux : carrosses et cavaliers, sans relâche, en remuaient la poussière.

La reine se montrait peu, et le roi ne la quittait guère. Toujours grave et silencieuse, elle se laissait aimer, servir, idolâtrer. Il passait parfois des heures entières à l'admirer, lui contant son amour, souriant tendrement, rayonnant de bonheur; elle aussi le contemplait et souriait ; mais c'était un regard timide, angoissé, un pauvre sourire tout contraint.

Pourtant, rien ne menaçait son triomphe; le secret était bien gardé :

Otto, Flore et leur suite, repartis pour Treyve, n'en reviendraient plus; les sœurs et les gens de Menez auraient pu, seuls, la reconnaître; mais c'étaient d'humbles villageois qui n'approchaient point des palais. Quand aux seigneurs, ils étaient à ses pieds; dans les quelques heures consacrées à la cour, ils ne songeaient qu'à plaire, à se faire distinguer.

Par complaisance pour le roi, la reine mettait chaque soir les joyaux de la couronne, et, parée comme une châsse, traversait les salons. Il y en avait un grand nombre à la file, étincelant de lustres et de girandoles; toute la noblesse du royaume les emplissait. La reine marchait lentement, sans cesse arrêtée, car chacun s'approchait, faisait la révérence; puis elle passait dans l'allée couverte qui suivait la base du palais.

Les portes des salons trouaient le mur obscur de carrés flamboyants; vis-à-vis, s'alignaient au bord de la terrasse des colonnes minces enguirlandées de roses, de vignes et de jasmins.

Rosine s'asseyait contre la balustrade, à côté du roi

De là, s'étendait à ses pieds, du haut en bas de la montagne, l'escalier colossal des jardins ; le sable des chemins, les perrons, les statues de marbre luisaient doucement dans la nuit, parmi les massifs noirs ; le grand lac, au fond, miroitait sous la lune ; et l'on pouvait suivre de l'œil, tout du long, jusqu'à la mer, le fleuve serpentant où s'écoulaient les eaux du lac.

Une foule silencieuse arrosait les jardins, tout le jour surchauffés au soleil ; une nuée de parfums, enveloppant la montagne, montait jusqu'au palais.

Rosine se taisait ; le roi prenait sa main.

— Souffrez-vous ? dit-il un soir ; votre silence m'effraie. Souvent, je ne sais pas si vous êtes heureuse.

Elle répondit tendrement :

— Je suis heureuse, car je vous aime... Mais mon bonheur est trop grand, trop nouveau ; il m'étonne encore, il m'étourdit... Plus tard, quand j'en aurai l'habitude, quand je serai bien sûre que ce n'est pas un rêve, alors je reprendrai ma gaîté... Ne vous inquiétez pas, mon roi... Je suis trop heureuse... Voilà tout.

Une brise, parfois, ravivait les senteurs.

On entendait un peu l'orchestre des salons.

Un jour que le roi était à la chasse, la reine demanda du fil pour la dentelle.

Une de ses femmes, debout derrière elle, écartant les mouches, tout étonnée regardait son travail; elle osa dire :

— Je ne croyais pas qu'une reine put être si habile.

Rosine lui tendit la dentelle qu'elle examina avec soin.

C'est singulier, dit-elle; j'ai vu sur une écharpe de la feue reine le même dessin... mais tout pareil.

Rosine reprit son ouvrage. La servante poursuivit :

— C'est de Menez que venaient les dentelles de la reine; il y avait là, paraît-il, dans un couvent, une novice des plus habiles.

Rosine, penchée vers son aiguille, se taisait; mais la servante était bavarde :

— J'ai une cousine qui habite Menez et qui m'écrit parfois. Les religieuses, me dit-elle, sont dans la désolation : leur dentellière vient de mourir.

Rosine dit paisiblement :

— Ah !... Comment?

— Elle vivait seule au bord de la mer; un jour, elle disparut; on la chercha en vain par toute la province; on disait qu'un bandit l'avait enlevée, car elle était très belle; mais, l'autre semaine, des pêcheurs l'ont trouvée, noyée, devant sa maison. La mer l'avait déjà toute défigurée.

— Pauvre fille..., murmura la reine.

Oh! reprit la servante, il ne faut

pas la plaindre. Elle n'était que douceur et bonté : une sainte, en un mot. Les religieuses la pleurent, mais toutes l'envient : Bien sûr, en tombant à l'eau, elle alla droit au ciel.

La reine renvoya la servante ; puis elle se jeta sur son lit pour étouffer ses sanglots.

Ah ! si vraiment elle était morte, pauvre solitaire des dunes, quelle délivrance !...

Si, du moins, avant le mariage, elle s'était arrachée au mensonge, quel calme bonheur !... Elle souffrirait peut-être de son amour déçu ; mais, voyant toujours plus proche la fin de sa souffrance, elle marcherait avec joie vers le but, vers la mort promise, certaine, inévitable, le seuil d'universel amour et d'éternel bonheur.

Et maintenant, que lui offrait la vie ? Les richesses, les plaisirs, l'amour... Mais le remords dominant tout.

Et, quand elle parviendrait à l'étouffer, à s'étourdir dans la douceur de vivre, pourrait-elle arrêter le temps qu'elle voyait chaque jour entamer sa vie, détruire un peu plus sa part de bonheur et l'emporter, elle, Rosine, vers l'épouvante finale de la mort.

Hélas! Elle possédait tout, ici-bas, toutes les splendeurs, toutes les voluptés...

Quelle misère!

Imp. d'Art du " Croquis ", 4 et 6, rue Bezout, Paris.